Swallow Knights
Tales

SKT e-book 삽화집

SKT e-book 삽화집
Swallow Knights Tales

초판 1쇄 인쇄 / 2015년 12월 3일
초판 1쇄 발행 / 2015년 12월 24일

원작 / 김철곤
그림 / 김성규

발행인 / 오영배
책임편집 / 편집부
펴낸 곳 / (주)삼양출판사 · 드림북스

주소 / 서울특별시 강북구 도봉로 173
대표 전화 / 02-980-2112 팩스 / 02-983-0660
편집부 전화 / 02-980-2116 팩스 / 02-983-8201
블로그 / blog.naver.com/dreambookss

등록번호 / 제9-00046호
등록일자 / 1999년 3월 11일

Contents

1

2

Swallow Knights Tales

3

4

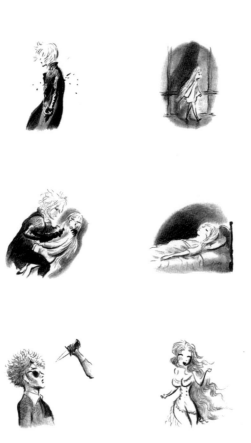

Swallow Knights Tales

5

Swallow Knights Tales

6

7

외전